Y0-CUW-439

Para mi Carlitos.
Margarita del Mazo

Para Candela y Mateo, creatividad e imaginación.
Guridi

Las gafas de Carlitos
Colección Somos8

© del texto: Margarita del Mazo, 2013/2023
© de las ilustraciones: Guridi, 2013/2023
© de la edición: NubeOcho, 2023
www.nubeocho.com · info@nubeocho.com

Primera edición: Octubre, 2023
ISBN: 978-84-19253-90-3
Depósito Legal: M-18862-2023

Impreso en Portugal.

Todos los derechos reservados. Prohibida su reproducción.

LAS GAFAS
DE CARLITOS

Margarita del Mazo
Guridi

DIBÚJALE UNAS GAFAS

nubeOCHO

Le llamaban Carlitos porque era muy pequeño.
Algún día se haría grande y le llamarían Carlos,
como a su papá.

← la silla de mi papá

Carlitos solía perderse entre las sábanas
y siempre llegaba tarde al colegio.

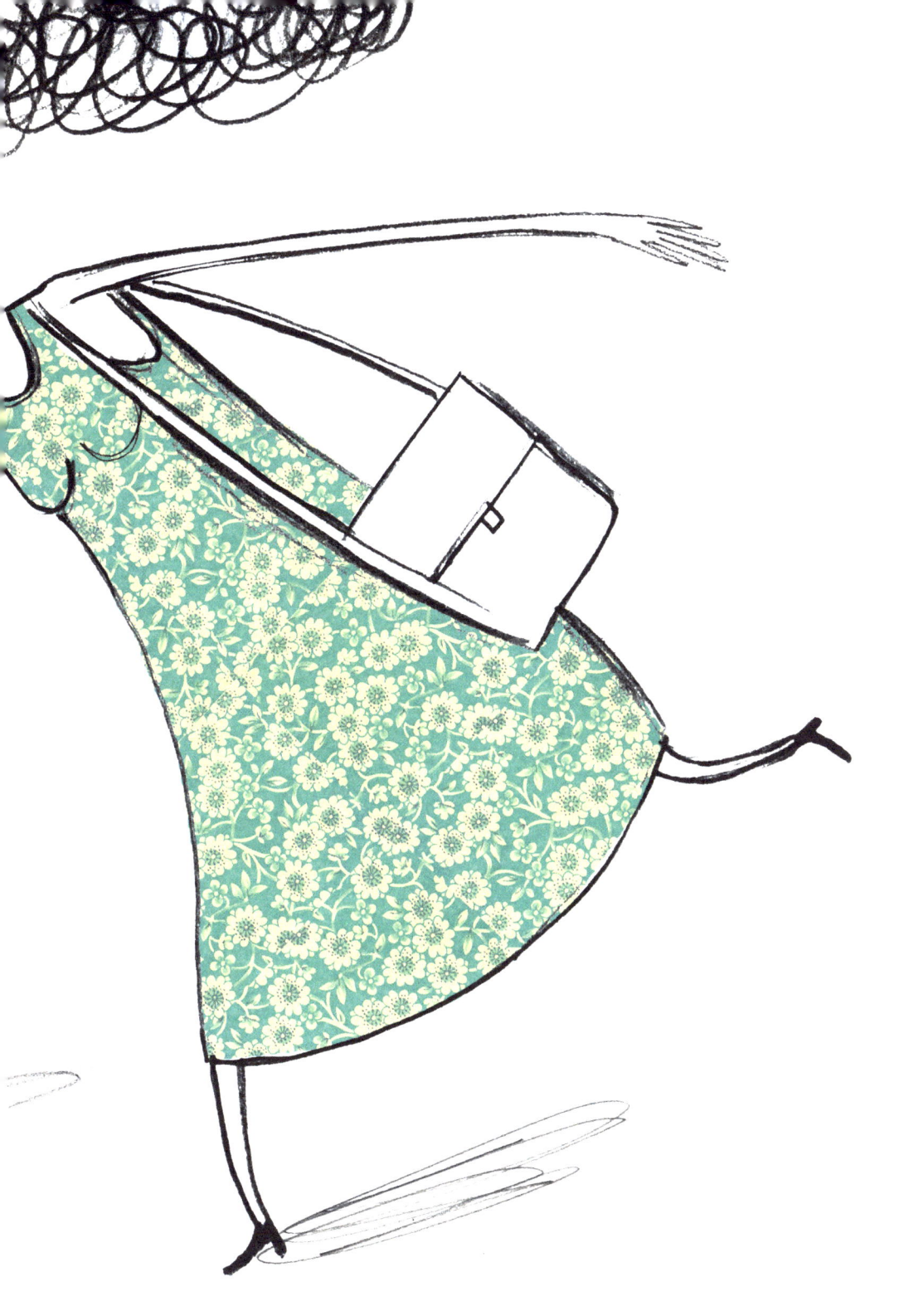

Pero una mañana se levantó temprano.
Desayunó a la velocidad de un ogro
hambriento y salió de casa a toda prisa.

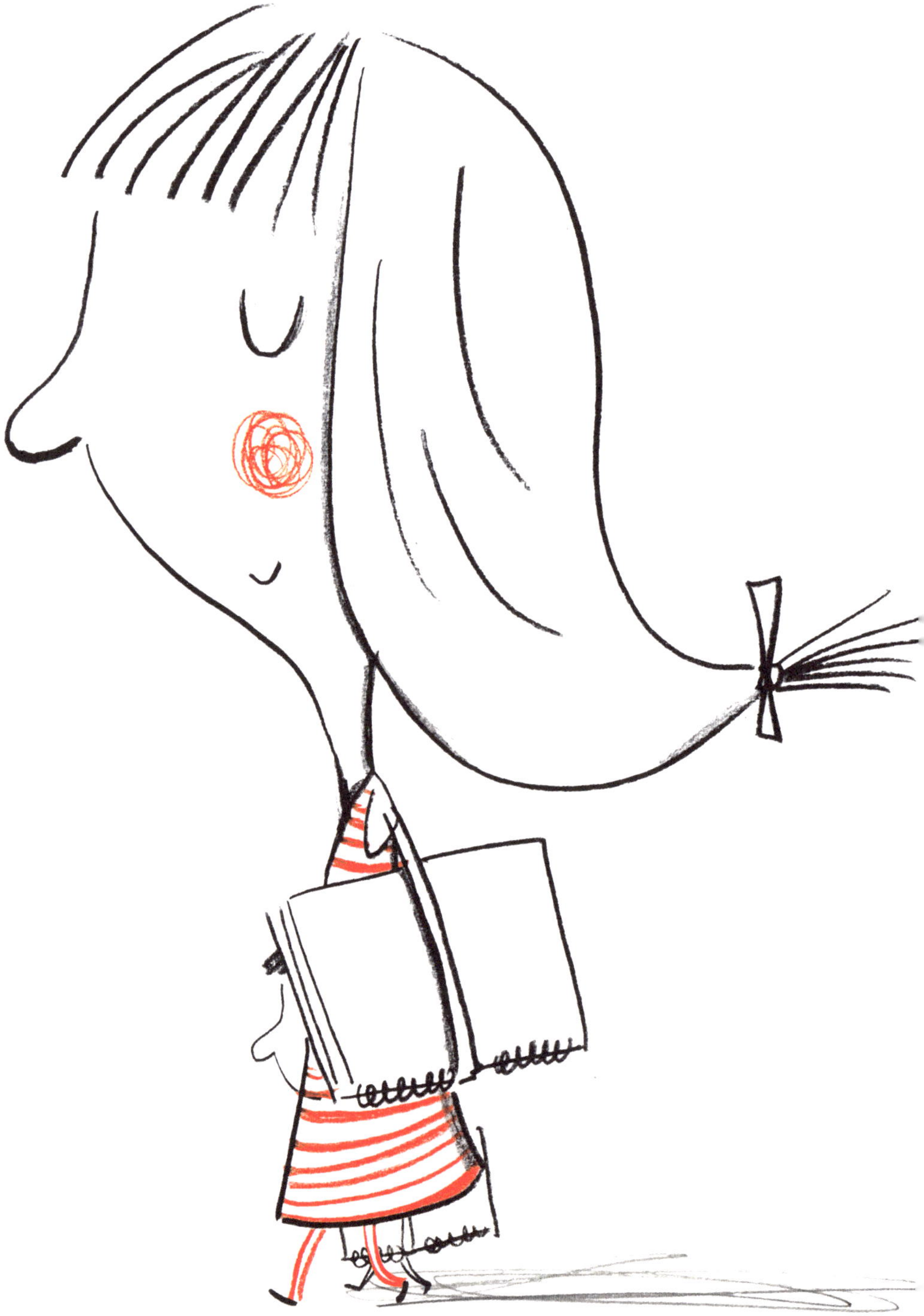

Ese día, Carlitos fue el primero en llegar a la escuela. Allí esperó a Inés.

En cuanto la vio, se puso de puntillas para parecer más alto y respiró muy hondo para parecer más ancho. Pero ella pasó de largo, sin verlo siquiera.

Carlitos acompañó a Inés hasta la clase. Quería estar cerca para evitarle cualquier tropiezo.

Ella caminaba convencida de que era el viento el que le abría las puertas a su paso.

Carlitos solo tenía un afán: que Inés se fijase en él. Y lo intentó a conciencia.

Hizo esto y lo otro, aquello y lo de más allá.
Pero no había manera.

Un día, Inés entró en el aula dando palmadas y saltos.

—**¡Hoy me ponen "gafas de ver"!** —tarareó.

Carlitos, al oír aquello, se emocionó tanto que le bailaron los pies, los ojos y hasta las orejas.

—¡Bien! ¡Ahora me verá! —se dijo.

A la mañana siguiente, se estiró más que nunca y se llenó tanto de aire que su cabeza parecía un globo rojo a punto de estallar.

Inés iba hacia él con su gafas nuevas…

Y pasó de largo, como siempre.

Una vez en clase, Inés y sus gafas
fueron la gran novedad.

Viendo aquello, Carlitos supo que él también necesitaba unas. Así atraería todas las miradas, y entre ellas, estaría la de Inés.

Al llegar a casa, registró cajas, cajones y cajoneras.

Encontró las "gafas para ver el mundo de color de rosa" que usaba papá en los días grises.

Pero ¡era aburrido ver el mundo de un solo color!

Agarró las "gafas de culo de botella" de la abuela. Sin embargo, se las quitó rápidamente porque daban un poco de miedo.

Tomó prestadas las "gafas de sol"
de su hermano mayor.

Parecía un espía intentando pasar desapercibido.
Justo lo contrario de lo que él quería.

Encontró las "gafas de tres dimensiones" con las que mamá veía las películas.

Con ellas puestas, no medía bien y no acertaba a abrazar a nadie. No le gustó nada perderse tanto abrazo.

Las "gafas de rayos X" fueron las más divertidas.

—Con ellas se ve a la gente desnuda y se pierde la vergüenza —le dijo el abuelo.

Carlitos se las puso y se encontró con el trasero del cartero. Ese día no fue al colegio porque no podía parar de reír.

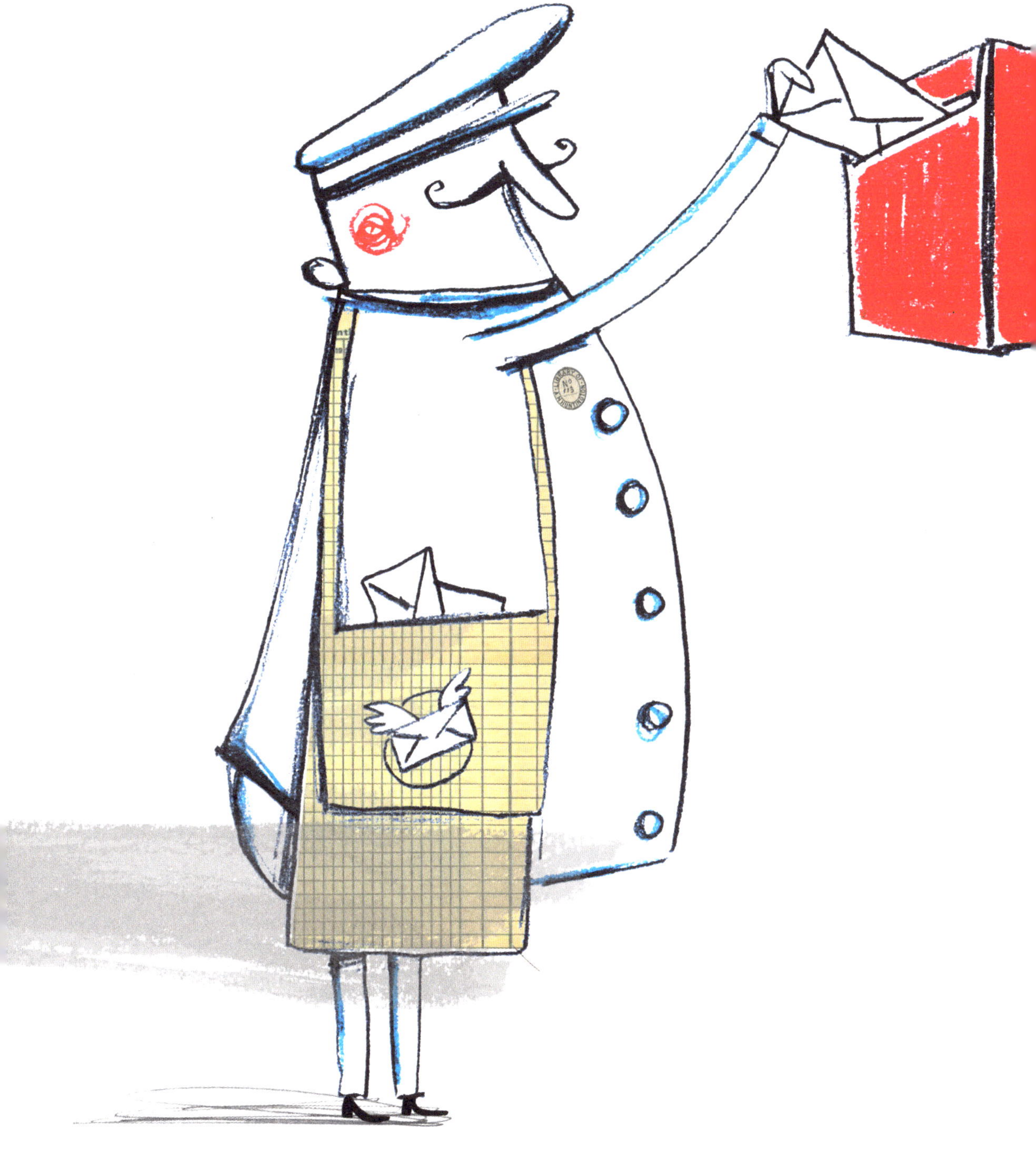

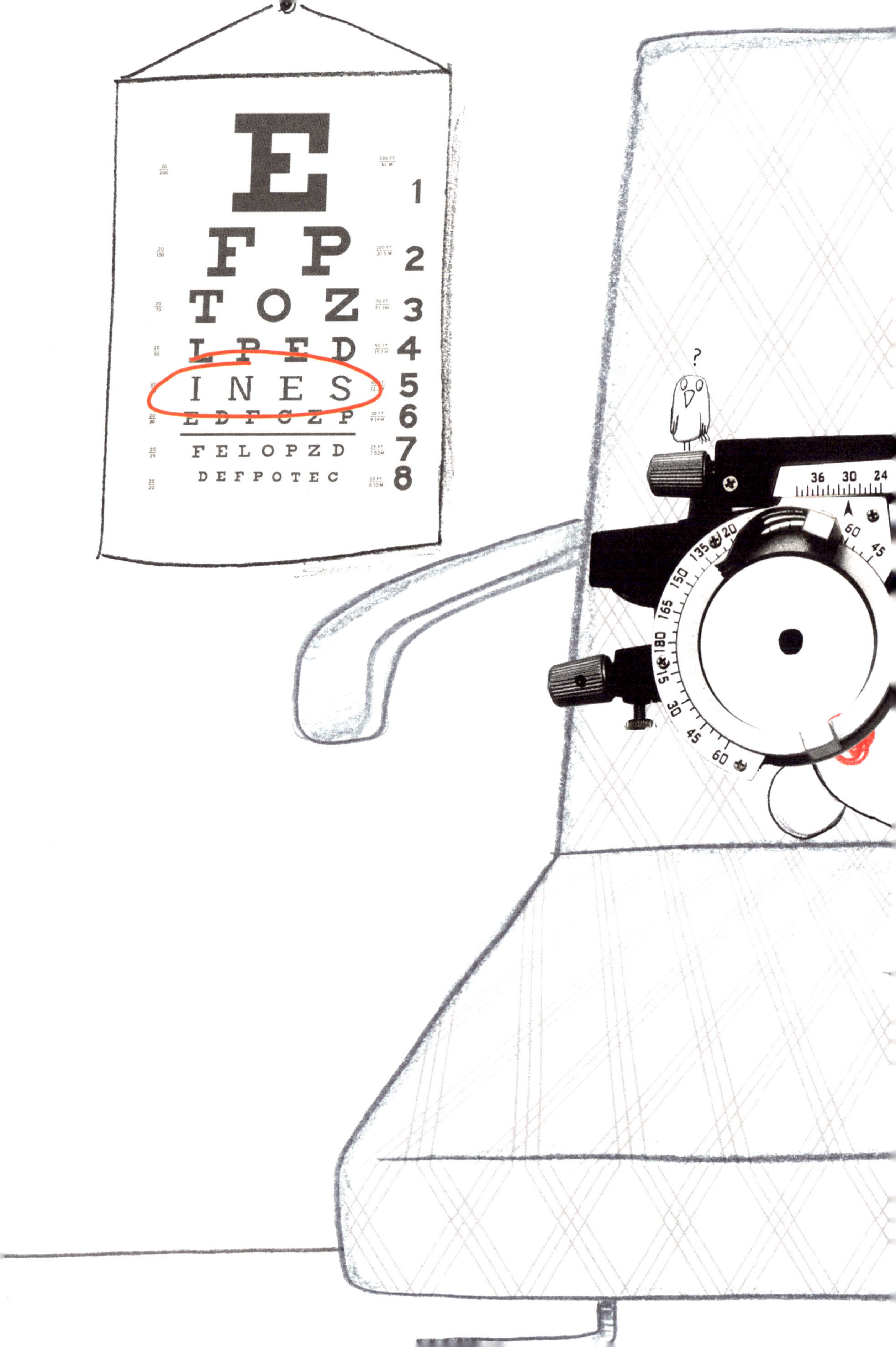
E 1
F P 2
T O Z 3
L P E D 4
I N E S 5
E D F C Z P 6
F E L O P Z D 7
D E F P O T E C 8
?
36 30 24

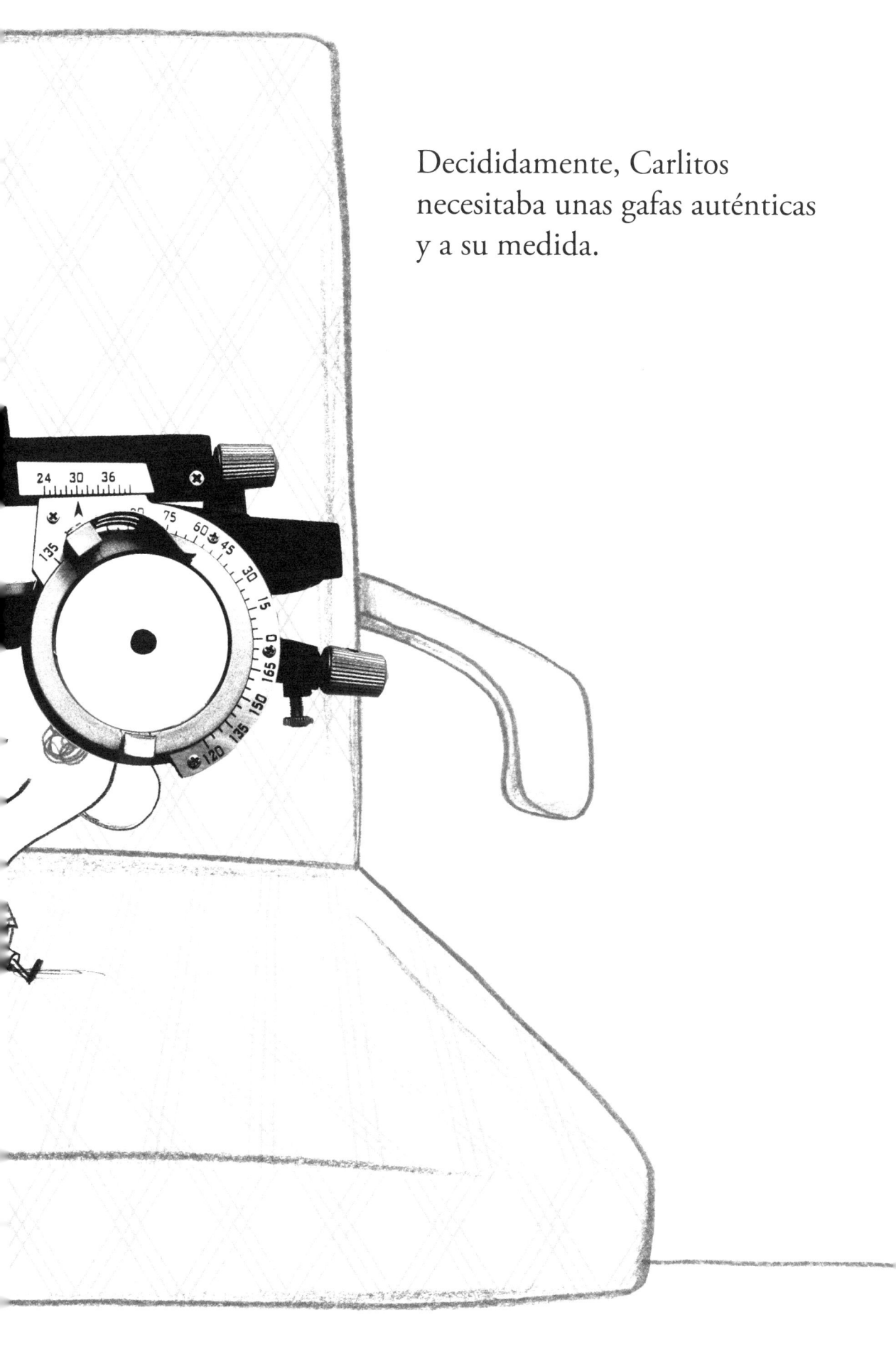

Decididamente, Carlitos necesitaba unas gafas auténticas y a su medida.

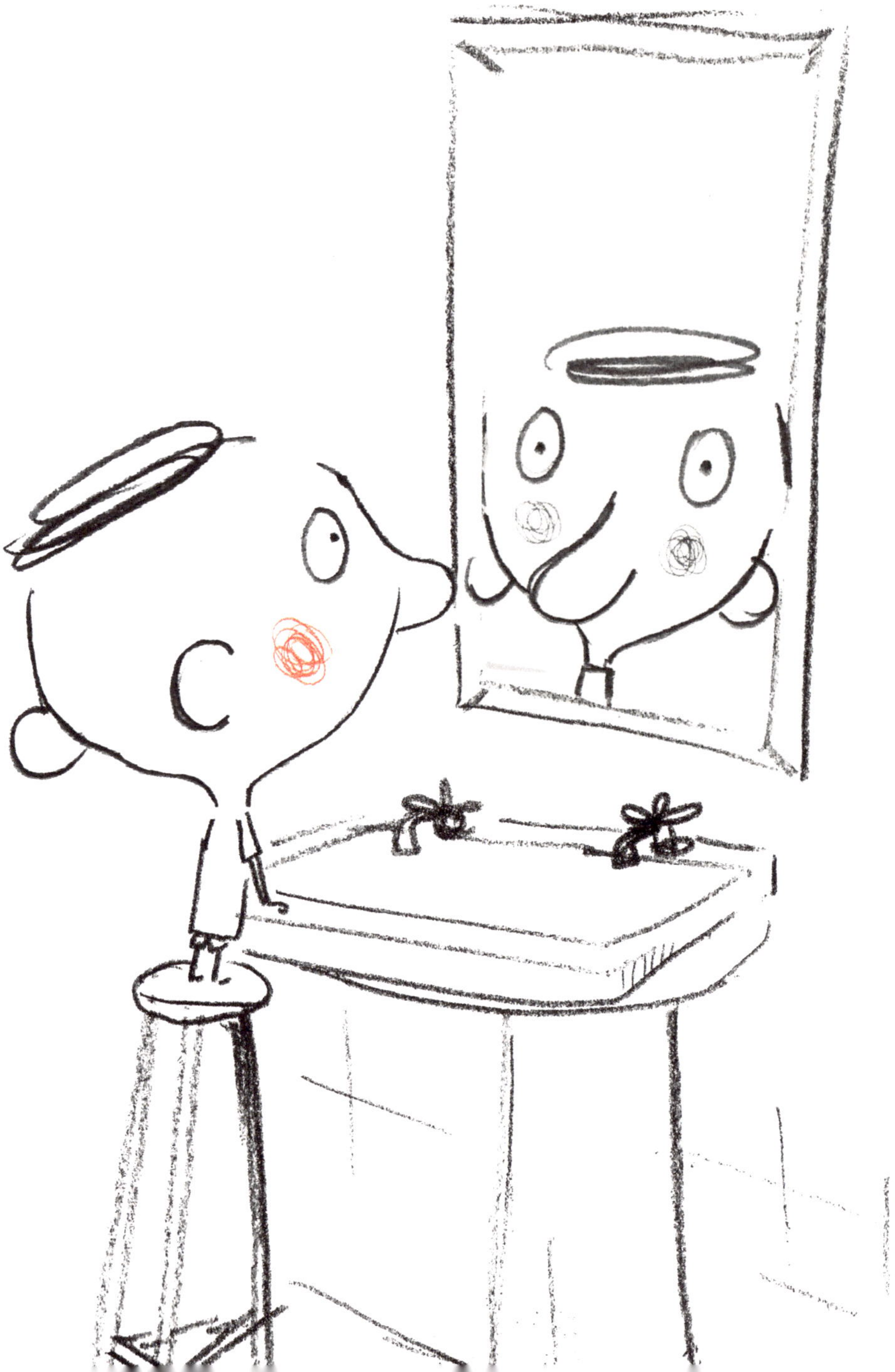

El día que estrenaba sus gafas nuevas, Carlitos se arregló con esmero. Se puso colonia de papá para oler como los mayores, aunque fuera pequeño.

En la puerta de la escuela, Carlitos esperó como siempre. Tenía un montón de nervios metidos en el cuerpo que no paraban de moverse de un lado a otro.

Cuando apareció Inés, se estiró tanto que se sintió alto.

—**¡Me ha visto! ¡Me ha visto!** —se decía a sí mismo.

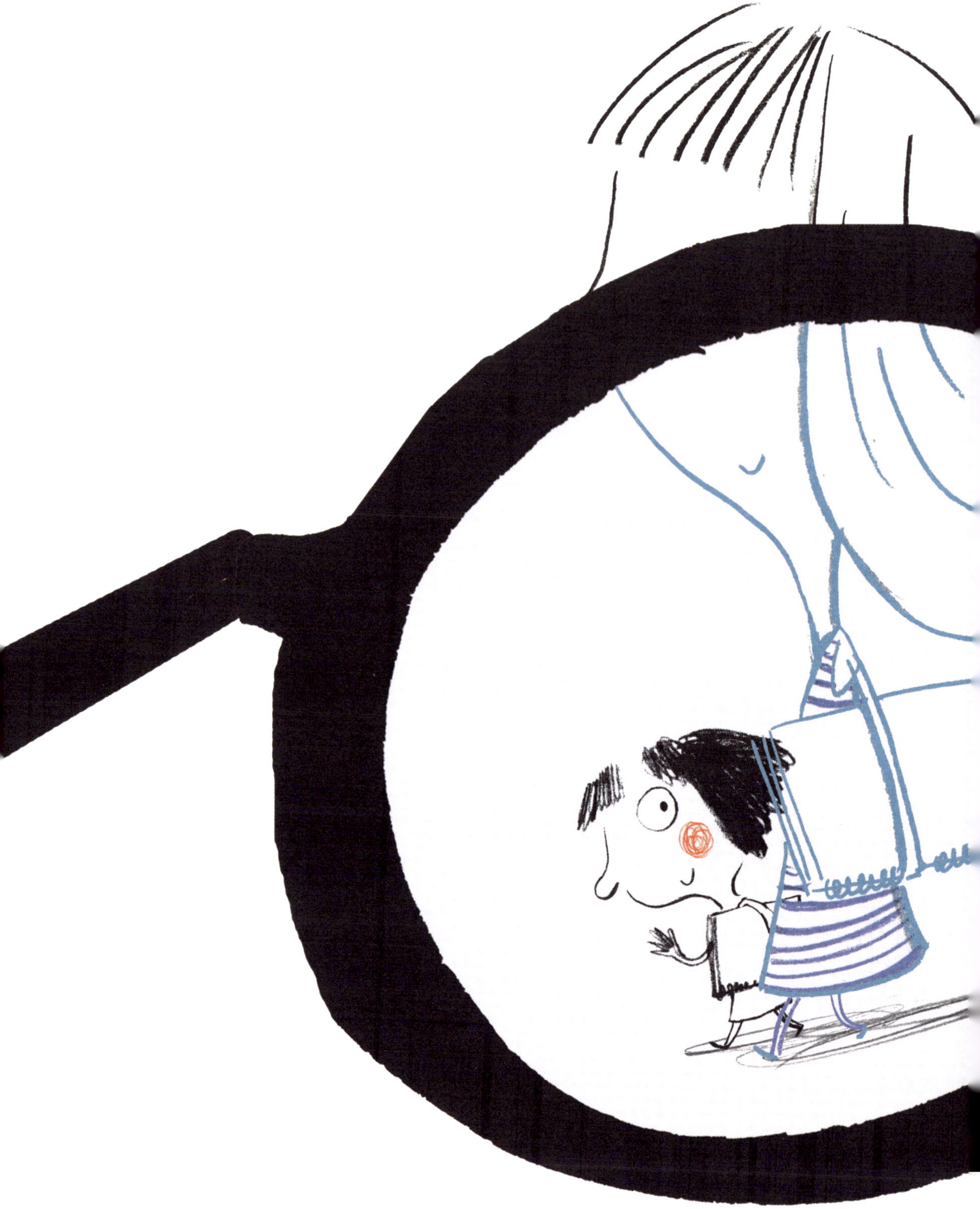

Entonces escuchó:

—¡Hola, Carlitos!

Limpió sus lentes, abrió bien los ojos y vio todo muy claro. Era Jimena, la mejor amiga de Inés.

—¡**Hola**! –respondió Carlitos sin dejar de mirarla. Y poniéndose a su lado, la acompañó hasta la clase.

Al final, era cierto que necesitaba unas "gafas de ver".